Este libro perten

This book belongs to:

....

Nota a los padres y a los tutores

Léelo tú mismo es una serie de cuentos clásicos, tradicionales, escritos en una forma sencilla para dar a los niños un comienzo seguro y exitoso en la lectura.

Cada libro está cuidadosamente estructurado para incluir muchas palabras de alta frecuencia que son vitales para la primera lectura. Las oraciones en cada página se apoyan muy de cerca por imágenes para ayudar con la lectura y para ofrecer todos los detalles para conversar.

Los libros se clasifican en cuatro niveles que introducen progresivamente más amplio vocabulario y más historias a medida que la capacidad del lector crece.

Note to parents and tutors

Read it yourself is a series of classic, traditional tales, written in a simple way to give children a confident and successful start to reading.

Each book is carefully structured to include many high-frequency words that are vital for first reading. The sentences on each page are supported closely by pictures to help with reading, and to offer lively details to talk about.

The books are graded into four levels that progressively introduce wider vocabulary and longer stories as a reader's ability grows.

Nivel 4 es ideal para los niños que están listos para leer historias más largas, con un vocabulario más extenso y empezar a leer independientemente.

Level 4 is ideal for children who are ready to read longer stories with a wider vocabulary and are eager to start reading independently.

Características especiales:

Special features:

Historia excitante
Full, exciting story
Un día, los tíos de Dorotea estaban trabajando en la granja. Dorotea estaba en la casa jugando con Toto.
De repente, un torbellino apareció y se llevó la granja. Dorotea estaba muy asustada.
"¿A dónde vamos a llegar?" dijo ella a su perrito.
One day, Dorothy's aunt and uncle were out working on the farm. Dorothy was in the farmhouse playing with Toto.
Suddenly, a whirlwind came and carried the farmhouse away. Dorothy was very frightened.
"Where are we going to land?" she said to her little dog.
8
9
Ilustraciones detalladas para capturar la imaginación
Detailed illustrations to capture the imagination
Tipografía clara
Clear type
Pronto, Dorotea, el espantapájaros, el hombre de lata y el león llegaron a la Ciudad Esmeralda. Todo en la ciudad era hecho de esmeraldas.
Un hombre pequeño apareció.
"Nosotros queremos ver el Mago de Oz", dijo Dorotea. "¿Nos puede llevar a verlo?"
"Vengan conmigo", dijo el pequeño hombre. El los llevó a un hermoso cuarto de esmeraldas.
Soon, Dorothy, Toto, the scarecrow, the tin man and the lion came to the Emerald City. Everything in the city was made of emeralds.
A little man appeared.
"We want to see the Wizard of Oz," said Dorothy. "Can you take us to him?"
"Follow me," said the little man. And he took them to a beautiful emerald room.
26
27
Vocabulario más rico y variado
Richer, more varied vocabulary
Frases más largas
Longer sentences

Educational Consultant: Geraldine Taylor

A catalogue record for this book is available from the British Library

Published by Ladybird Books Ltd
80 Strand, London, WC2R 0RL
A Penguin Company

001 - 10 9 8 7 6 5 4 3 2 1

ISBN: 978-0-98364-506-1

Printed in China

El Mago de Oz

The Wizard of Oz

Illustrated by Richard Johnson

Había una vez una niña llamada Dorotea. Dorotea vivía en una granja en Kansas, América. Ella vivía con su tía, su tío y su perrito Toto.

Once upon a time, there was a little girl called Dorothy. Dorothy lived on a farm in Kansas, America. She lived with her aunt, her uncle and her little dog, Toto.

Un día, los tíos de Dorotea estaban trabajando en la granja. Dorotea estaba en la casa jugando con Toto.

De repente, un torbellino apareció y se llevó la granja. Dorotea estaba muy asustada.

"¿A dónde vamos a llegar?" dijo ella a su perrito.

One day, Dorothy's aunt and uncle were out working on the farm. Dorothy was in the farmhouse playing with Toto.

Suddenly, a whirlwind came and carried the farmhouse away. Dorothy was very frightened.

"Where are we going to land?" she said to her little dog.

Ellos aterrizaron en una tierra llena de flores.

De repente, una señora muy hermosa apareció. "¿Dónde estoy yo?" dijo Dorotea.

"Tú estás en la tierra de Oz", dijo la señora. "Estoy muy contenta de verte. Yo soy la Bruja Buena". Ella le dio las gracias a Dorothy por matar a la Bruja Mala.

"¿Qué Bruja Mala?" dijo Dorotea.

They came down in a land full of flowers.

Suddenly, a beautiful lady appeared.
"Where am I?" said Dorothy.

"You are in the land of Oz," said the lady. "I am very pleased to see you. I am the Good Witch."
She thanked Dorothy for killing the Wicked Witch.

"What Wicked Witch?" said Dorothy.

"Mira debajo de tu granja", dijo la Bruja Buena.

Dorotea miró debajo de la granja, y allí vio una bruja. En los pies la bruja tenía unos zapatos mágicos.

Dorotea se puso los zapatos.

“Look under your farmhouse,” said the Good Witch.

Dorothy looked under the farmhouse. There she saw a witch. On the witch’s feet were two magic shoes.

Dorothy put on the shoes.

"Yo quiero regresar a mi casa", dijo Dorotea. "¿Cómo llego allá?"

"Tú debes ir a ver al Mago de Oz", dijo la Bruja Buena. "Él vive en la Ciudad Esmeralda, a lo largo del camino de ladrillo amarillo. Él te puede ayudar".

"¿Puede usted venir conmigo?" preguntó Dorotea.

"No", dijo la Bruja Buena. "Yo estaré allá cuando me necesites".

"I want to go back home," said Dorothy. "How do I get there?"

"You must go to see the Wizard of Oz," said the Good Witch. "He lives in the Emerald City, along the yellow brick road. He can help you."

"Can you come with me?" said Dorothy.

"No," said the Good Witch. "But I will be there when you need me."

Entonces Dorotea y Toto siguieron el camino de ladrillo amarillo. Pronto, vieron un espantapájaros.

“¿Para dónde van?” preguntó el espantapájaros.

“Nosotros vamos a la Ciudad Esmeralda, a ver al Mago de Oz”, dijo Dorotea.

So Dorothy and Toto followed the yellow brick road. Soon, they saw a scarecrow.

"Where are you going?" asked the scarecrow.

"We're going to the Emerald City, to see the Wizard of Oz," said Dorothy.

“Yo voy con ustedes”, dijo el espantapájaros. “Mi cabeza está llena de paja. Quiero pedirle al Mago que me dé un cerebro, para poder pensar”.

Entonces Dorotea, Toto y el espantapájaros continuaron por el camino de ladrillo amarillo.

Pasaron a un hombre hecho de lata.

"I'll come with you," said the scarecrow. "My head is full of straw. I want to ask the Wizard for some brains, so that I can think."

So Dorothy, Toto and the scarecrow followed the yellow brick road.

They passed a man made of tin.

"¿Van ustedes a ver al Mago de Oz?" preguntó el hombre de lata.

"Sí", respondió Dorotea.

"¿Puedo ir con ustedes?" preguntó el hombre de lata. "Yo quiero pedirle al Mago un corazón, para poder amar".

Entonces ellos todos caminaron por el camino de ladrillo amarillo.

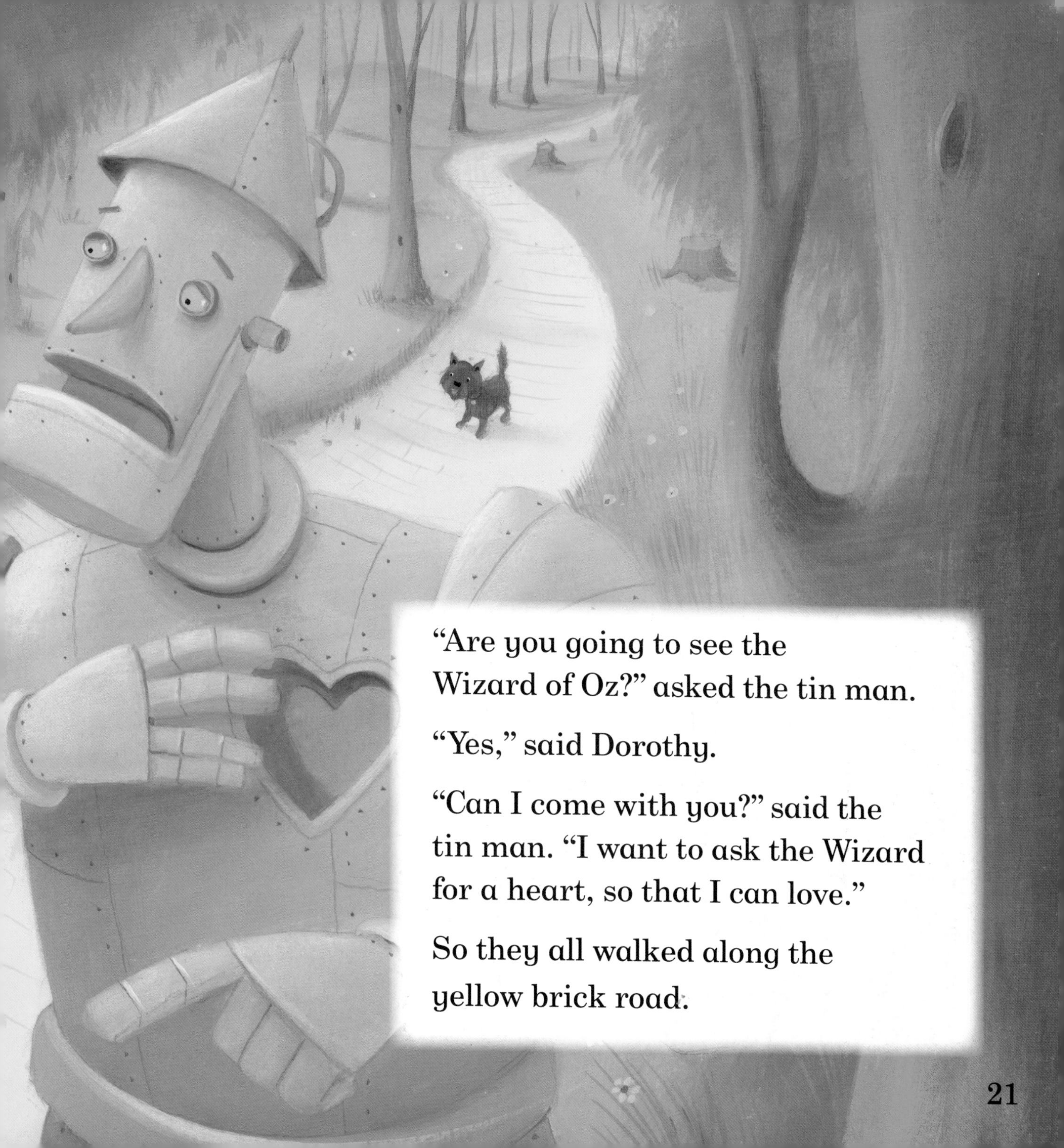

"Are you going to see the Wizard of Oz?" asked the tin man.

"Yes," said Dorothy.

"Can I come with you?" said the tin man. "I want to ask the Wizard for a heart, so that I can love."

So they all walked along the yellow brick road.

De repente apareció un león furioso.

"¿Para dónde van?" preguntó el león.

"Vamos para la Ciudad Esmeralda a ver al Mago de Oz", respondió Dorotea.

Suddenly, an angry lion appeared.

“Where are you all going?” asked the lion.

“We’re going to the Emerald City to see the Wizard of Oz,” said Dorothy.

"¿Puedo yo ir también?" dijo el león. "Yo quiero pedirle valor. No vale la pena ser un león sin valor".

Dorotea estaba feliz con sus nuevos amigos. Todos siguieron juntos por el camino de ladrillo amarillo.

"Can I come too?" said the lion. "I want to ask him for some courage. It's no good being a lion without courage."

Dorothy was happy with her new friends. They all followed the yellow brick road together.

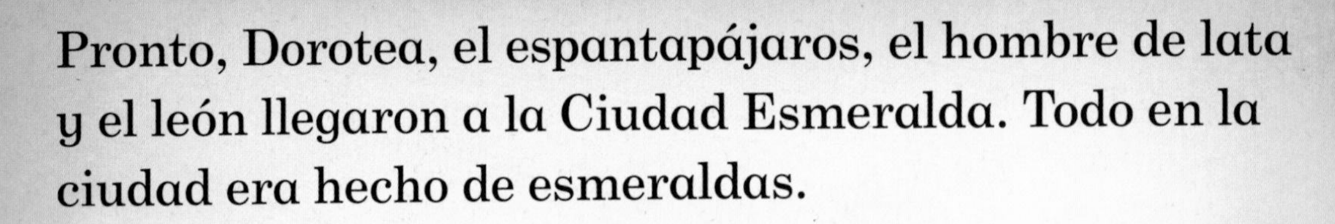

Pronto, Dorotea, el espantapájaros, el hombre de lata y el león llegaron a la Ciudad Esmeralda. Todo en la ciudad era hecho de esmeraldas.

Un hombre pequeño apareció.

“Nosotros queremos ver al Mago de Oz”, dijo Dorotea. “¿Nos puede llevar a verlo?”

“Vengan conmigo”, dijo el pequeño hombre.
Él los llevó a un hermoso cuarto de esmeraldas.

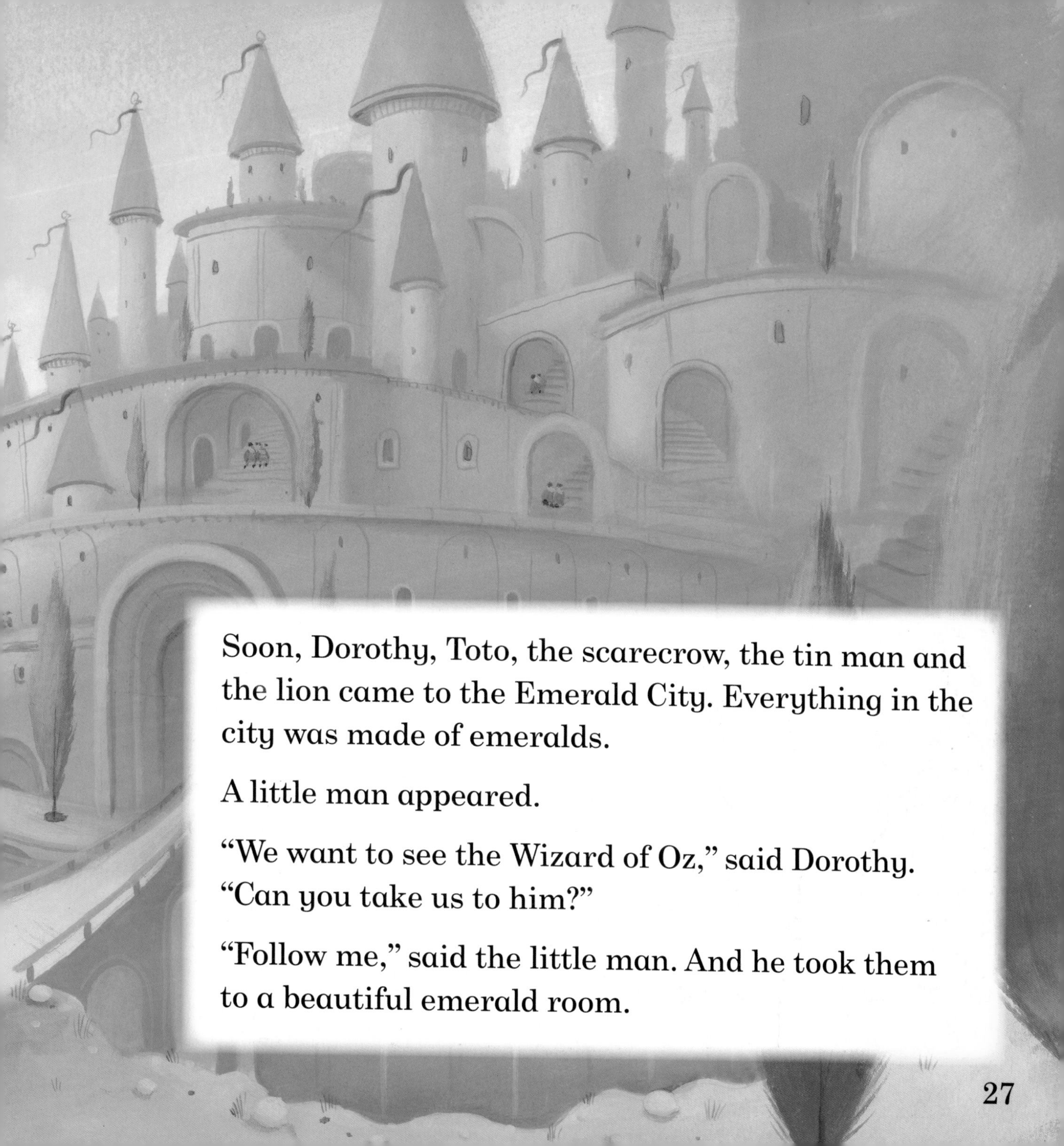

Soon, Dorothy, Toto, the scarecrow, the tin man and the lion came to the Emerald City. Everything in the city was made of emeralds.

A little man appeared.

“We want to see the Wizard of Oz,” said Dorothy. “Can you take us to him?”

“Follow me,” said the little man. And he took them to a beautiful emerald room.

Allí encontraron al Mago de Oz.

Dorotea y sus amigos estaban asustados.

“¿Mago, nos puede ayudar?”
preguntó Dorotea.

“¿Qué quieren que yo haga?”
dijo el Mago.

There they saw the Wizard of Oz.

Dorothy and her friends
were frightened.

"Wizard, can you help us?"
asked Dorothy.

"What do you want me to do?"
said the Wizard.

"Yo quiero un cerebro", dijo el espantapájaros. "Yo quiero un corazón", dijo el hombre de lata.

"Y yo quiero valor", dijo el león.

"¿Y tú qué?" el Mago le pregunto a Dorotea.

"¿Tú qué quieres?"

"I'd like a brain," said the scarecrow. "I'd like a heart," said the tin man.

"And I'd like some courage," said the lion.

"And what about you?" the Wizard asked Dorothy. "What do you want?"

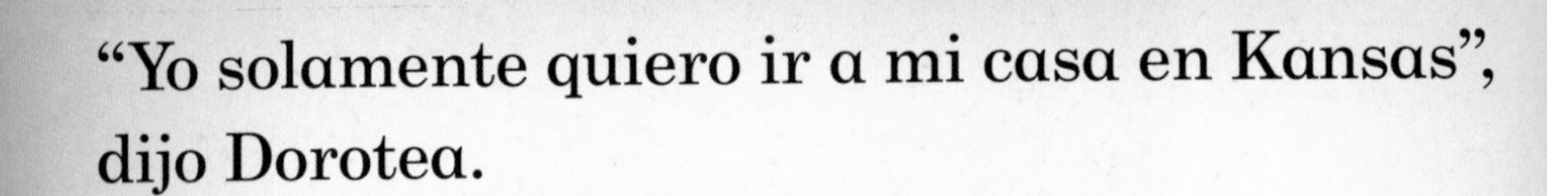

"Yo solamente quiero ir a mi casa en Kansas", dijo Dorotea.

"Yo la ayudaré", dijo el Mago. "Pero primero, tú debes ayudarme. Ve y mate la última Bruja Mala en la tierra de Oz".

Dorothy y sus amigos no estaban muy satisfechos. Ellos no sabían cómo matar la última Bruja Mala.

“I just want to go home to Kansas,” said Dorothy.

“I will help you,” said the Wizard. “But first, you must help me. Go and kill the last Wicked Witch in the land of Oz.”

Dorothy and her friends were not very pleased. They didn’t know how to kill the last Wicked Witch.

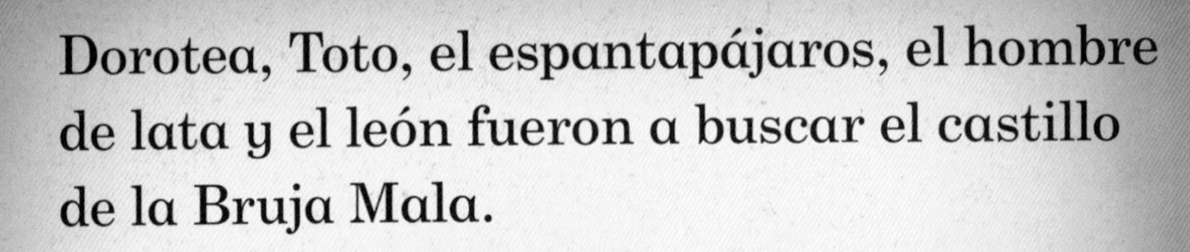

Dorotea, Toto, el espantapájaros, el hombre de lata y el león fueron a buscar el castillo de la Bruja Mala.

De repente, los monos voladores de la bruja aparecieron. Ellos llevaron a Dorothy, sus amigos y Toto al castillo de la bruja.

Dorothy, Toto, the scarecrow, the tin man and the lion went to find the Wicked Witch's castle.

Suddenly, the witch's flying monkeys came. They carried Dorothy, her friends and Toto back to the witch's castle.

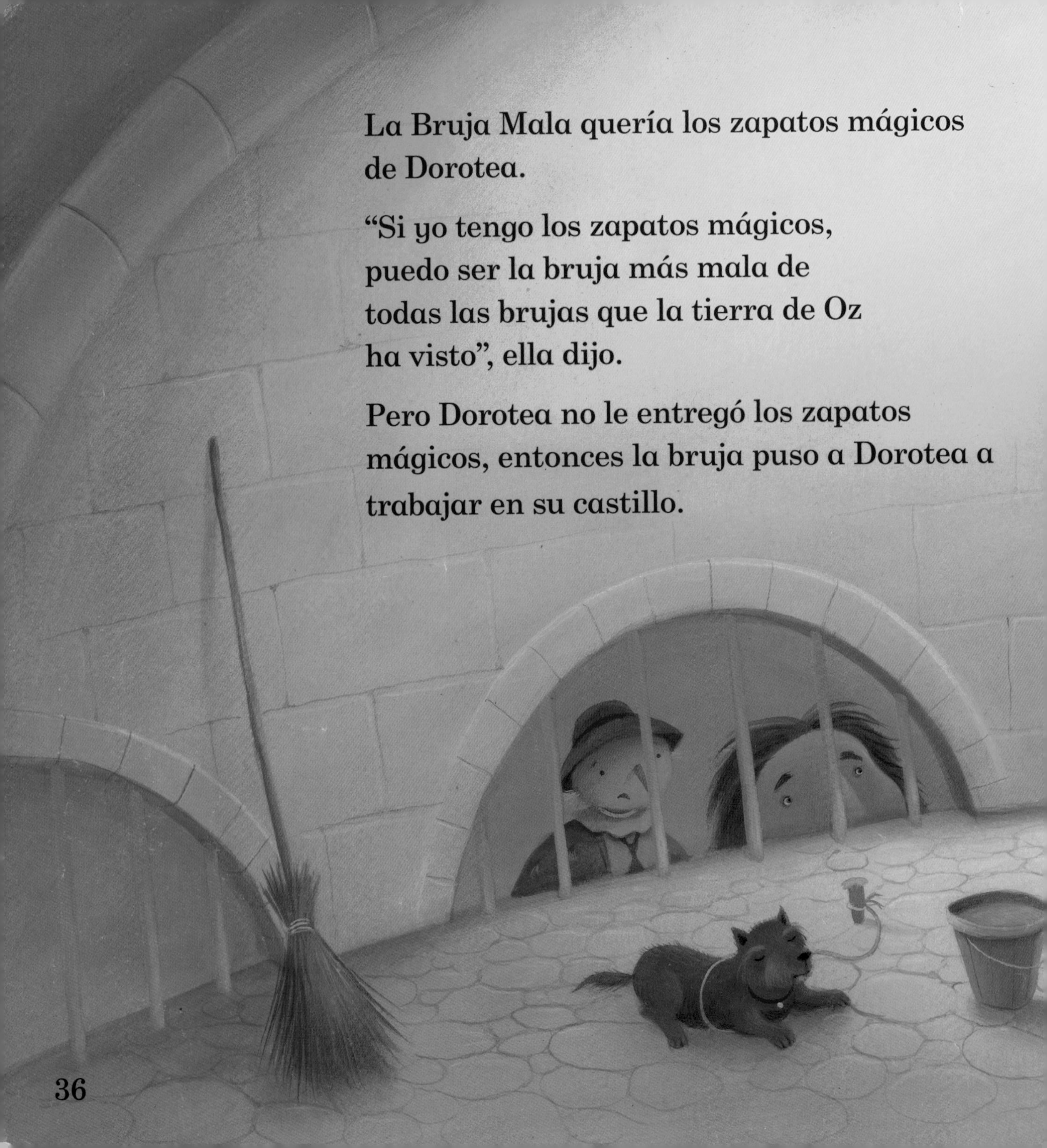

La Bruja Mala quería los zapatos mágicos de Dorotea.

“Si yo tengo los zapatos mágicos, puedo ser la bruja más mala de todas las brujas que la tierra de Oz ha visto”, ella dijo.

Pero Dorotea no le entregó los zapatos mágicos, entonces la bruja puso a Dorotea a trabajar en su castillo.

The Wicked Witch wanted Dorothy's magic shoes.

"If I have the magic shoes, then I can be the wickedest witch the land of Oz has ever seen," she said.

But Dorothy wouldn't give her the magic shoes, so the witch made Dorothy work in her castle.

Un día, la bruja dijo, “Si no me entregas tus zapatos mágicos, yo mataré a tu perrito”.

Dorotea se enojó mucho. Ella cogió un balde lleno de agua y se lo tiró a la bruja.

“Niña mala, tu agua me está matando”, dijo la Bruja Mala.
Y ella se desapareció.

One day, the witch said, “If you don’t give me your magic shoes, I will kill your little dog.”

Dorothy was very angry. She took a bucket of water, and threw it all over the witch.

“You wicked girl, your water is killing me,” said the Wicked Witch. And she disappeared.

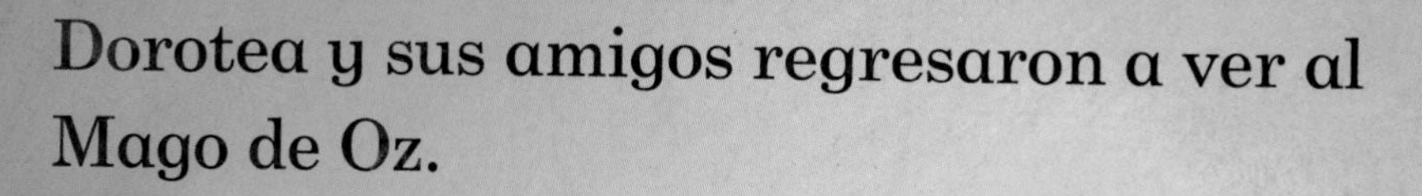

Dorotea y sus amigos regresaron a ver al Mago de Oz.

"Ya lo hemos ayudado", dijo Dorotea, "¿por favor ayúdanos a nosotros?"

El Mago de Oz le dio al espantapájaros un cerebro, al hombre de lata un corazón y al león valor.

"Ahora yo puedo pensar", dijo el espantapájaros.

"Ahora yo puedo amar", dijo el hombre de lata.

"Y yo seré un león muy valiente", dijo el león.

So Dorothy and her friends went back to see the Wizard of Oz.

"Now we have helped you," said Dorothy, "please will you help us?"

So the Wizard of Oz gave the scarecrow some brains, the tin man a heart, and the lion some courage.

"Now I can think," said the scarecrow.

"Now I can love," said the tin man.

"And I will be a brave lion," said the lion.

"¿Pero que pasa con Dorotea?" dijo el espantapájaros.

"Yo no la puedo ayudar", dijo el Mago. "Yo no sé cómo mandarla a su casa".

De repente la Buja Buena apareció.

"Dorotea", dijo la Bruja Buena, "tú debes pedirle a tus zapatos que te lleven a tu casa".

"But what about Dorothy?" said the scarecrow.

"I can't help her," said the Wizard. "I don't know how to send her home."

Suddenly, the Good Witch appeared.

"Dorothy," said the Good Witch, "you must ask your shoes to take you home."

"Zapatos, por favor llévame a mi casa", dijo Dorotea. De repente ella estaba de regreso en su granja con su tía y su tío.

Y Dorotea y Toto vivieron felices para siempre.

“Shoes, please take me home,” said Dorothy. Suddenly she was back in her farmhouse with her aunt and uncle.

And Dorothy and Toto lived happily ever after.

¿Cuánto recuerdas de la historia del Mago de Oz? ¡Conteste estas preguntas y sabrás!

How much do you remember about the story of The Wizard of Oz? Answer these questions and find out!

- **¿Con quién vivía Dorotea?**

  Who did Dorothy live with?

- **¿Cuál era el nombre de su perrito?**

  What was the name of her little dog?

- **¿Con quién se encontró Dorotea primero en el camino de ladrillo amarillo?**

  Who did Dorothy meet first on the yellow brick road?

- **¿Qué quería el hombre de lata?**

  What did the tin man want?

- **¿Cómo llegaron Dorotea y sus amigos al castillo de la bruja?**

  How did Dorothy and her friends get to the witch's castle?

- **¿Qué hizo Dorotea para que la bruja desapareciera?**

  How did Dorothy get rid of the Wicked Witch?

ᴾonga en orden estas palabras de la historia y ponlas con la foto ᶜorrespondiente.

Jnscramble these words to make words from the story, then match hem to the correct pictures.

Droatoe	Droytoh
goma	dizraw
nejsasapáaprot	crascwroe
bremoh atla	itn amn
neól	niol
íot	enulc

elo tú mismo con Ladybird

Read it yourself with Ladybird

Coleccione todos los títulos en la serie.

Collect all the titles in the series.